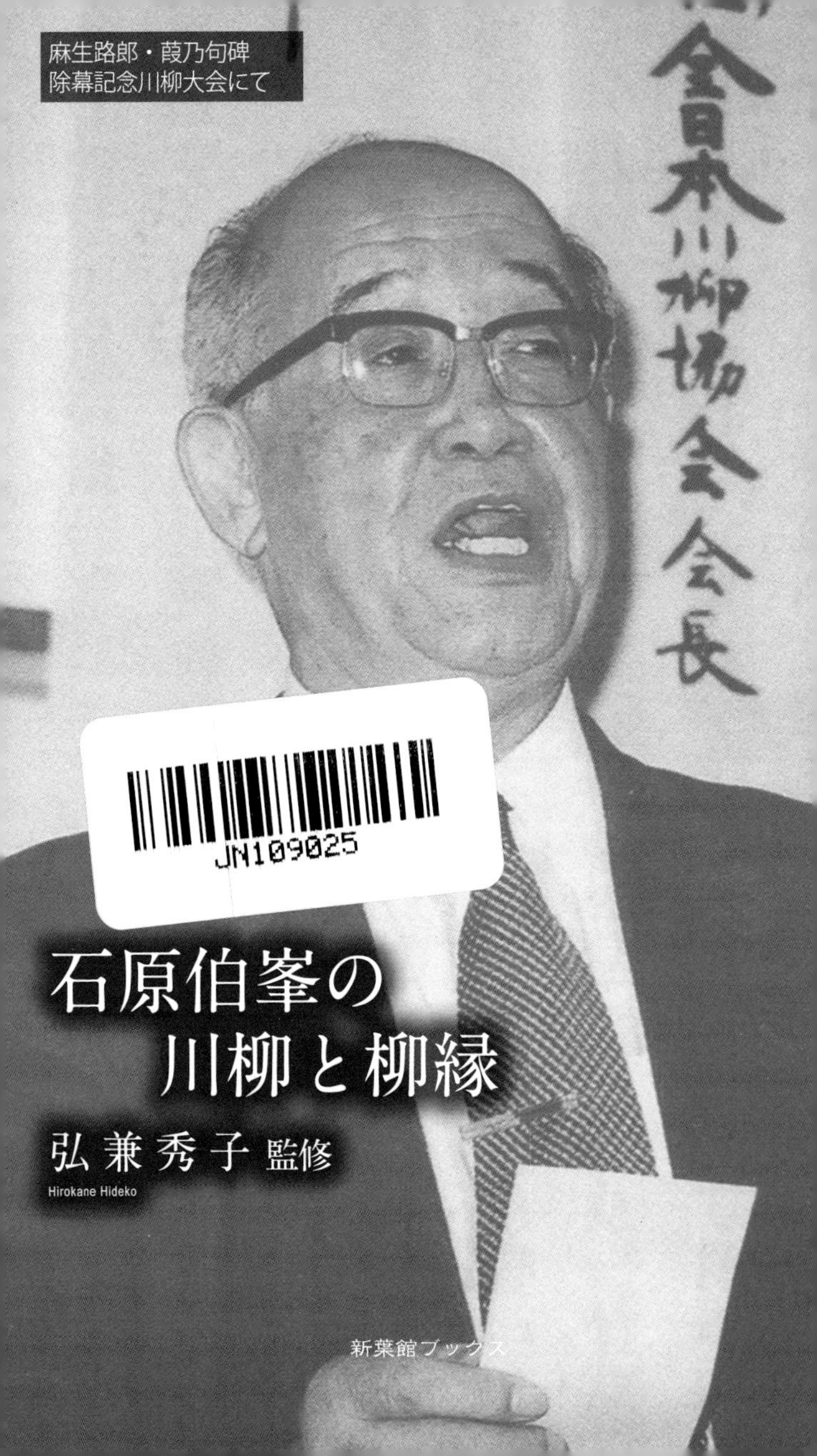

麻生路郎・葭乃句碑
除幕記念川柳大会にて

石原伯峯の川柳と柳縁

弘兼秀子 監修
Hirokane Hideko

新葉館ブックス

平成4年7月15日、石原伯峯句碑除幕式と記念句会が東広島市の西品寺で行なわれ、参加者は190名を数えた（写真は平成13年の第10回のもの）。

「第8回　石原伯峯句碑まつりの集い」。93名が参加。（平成11年7月11日開催）

大正	
9年	7月16日、鳥取県岩美郡浦富町に父・弘信、母・キミエの長男として生まれる。本名・健一。父は当時鉄道省の岩美駅駅長を務めており、母方の親戚には国文学者の池田亀鑑がいる。
昭和	
13年	広島鉄道局在職中の10月、職場の上司であった浜田久米雄氏の従慂により広島川柳会入会。
16年	1月、麻生路郎主宰「川柳雑誌」不朽洞会員になる。12月、応召。不朽洞会員辞退。
20年	12月北支・蒙彊地区より復員。川柳活動を再開。
25年	8月、月刊「川柳ひろしま」創刊。同会幹事に就任。
37年	12月、毎日新聞（地方版）柳壇選者に就任。
39年	12月、句集「毎日川柳」編著。

㊧平成6年11月13日、広島県三原市の佛通寺にて開催の「八島白龍句碑建立記念大会」にて、森中惠美子氏と。
㊦平成11年10月17日「第7回県民文化祭文芸大会」川柳の部にて。

1990（平成）2年刊の「日本現代川柳叢書第4集石原伯峯句集」

第14回国民文化祭'99ぎふ郡上八幡川柳大会にて。前列左から2人目が伯峯、中央は当時の日川協会長・仲川たけし。

平成

41年　10月、「川柳ひろしま」近詠選者。

41年　12月、句集「潮流」発刊。

42年　10月、広島川柳会会長就任。柳誌編集兼発行者となる。

52年　7月、「全国鉄川柳人連盟20年史」編著。

58年　10月、広島毎日文化センター川柳講師に就任。

64年　10月、「現代川柳選集　第5巻」（芸風書院刊）に参加。

2年　7月、日本現代川柳叢書　第4集「石原伯峯句集」刊行。

4年　7月15日、菩提寺である東広島市の真養山西品寺に「何も願わじ水の流れを見ていたり」建立。以後、毎年誕生月の7月に句碑まつりの集いを開催。

6年　湯来しあわせ観音句碑の山に「花鋏花のいのちに触れた音」の句碑

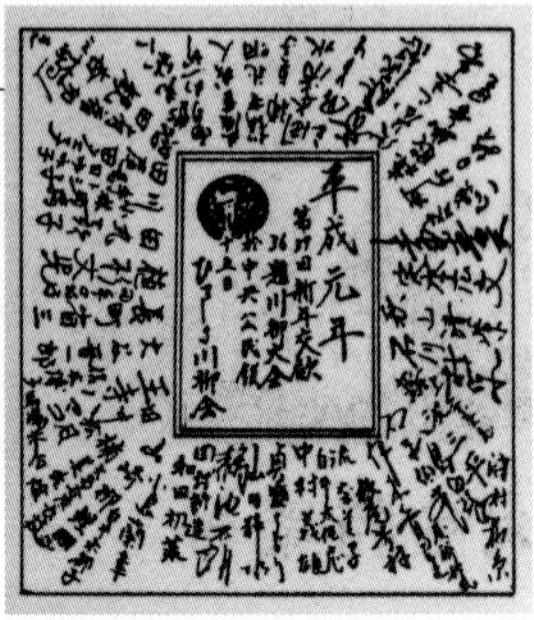

㊤第49回新年交歓36題川柳大会選者陣（平成11年・小田光月撮影）。㊨第39回新年交歓36題川柳大会出席者寄せ書き（平成元年）。

第51回三原市神明祭協賛「万松」300号発刊記念川柳大会の選者。伯峯は左から3人目。向かって左隣は中田たつお、右隣に柏原幻四郎（平成12年）。

平成

を建立。

11年　6月1日、広島県川柳協会結成。初代会長就任。

12年　4月、「全国都道府県別川柳作品全集・広島県篇」編纂。参加者多数により、上下巻にして刊行。
11月4日、国民文化祭ひろしまを大竹市にて開催（総参加者数八二〇名）。

13年　「川柳ひろしま」誌、念願の六〇〇号達成。翌14年の第52回新年句会は六〇〇号記念と銘打って開催。

14年　4月17日午後11時45分、自宅火災により逝去。享年82。
5月、句碑まつり10周年を記念して準備していた句集「続森羅万象」刊行（奥付は7月16日）。

平成2年、湯来句碑の山観桜句会にて。前列右から2人目が石原伯峯、後列右から2人目に弘兼秀子、その隣に句碑の山の野村弘之。

㊤第52回広島平和祈念川柳大会にて野村賢悟氏より寄贈された「産業奨励館(現・原爆ドーム)」の写真。
㊦2001年12月、安古市川柳会忘年会(宮島コーラルホテルにて)。

2000(平成12)年刊行「全国都道府県別川柳作品全集広島県篇」の上下巻。

㊤2002年1月4日、三原市グランドパレスホテルにて開かれた「三原万松川柳会新年初句会同人昇進祝賀会」。前列左から3人目より伯峯、八島白龍、杉原正吉。
㊨2001年11月30日「第32回広島鳥取県人会総会」にて。(広島リーガロイヤルホテル)

平成13年8月5日開催の第52回広島平和祈念川柳大会後、懇親宴での一枚。このように毎月の句会のあとにも必ず酒席を設け、柳論を交わした。

三原グランドパレスで開催された備後番傘三原万松川柳会新年句会・同人祝賀会。前列右から3人目より杉原正吉、伯峯、八島白龍。
（平成13年1月4日、撮影・小坂双弓）

平成14年、「川柳ひろしま」600号記念新年交歓川柳大会にて花束を受け取る伯峯。

湯来「しあわせ観音」の句碑前にて。昭和56年、大野風柳氏監修「現代川柳百人一句集」では中国地方では伯峯のみ後ろの句碑の句「花鋏花のいのちに触れた音」が掲載された。

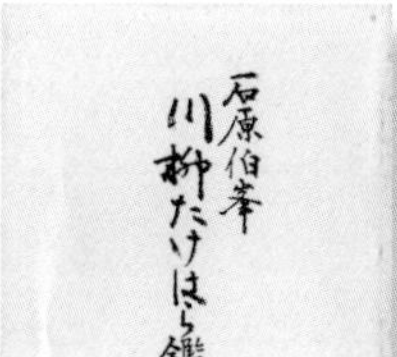

「石原伯峯川柳たけはら鑑賞」（平成15年4月刊行）。一周忌に合わせて昭和39年から急逝する平14年まで39年に亘って「川柳たけはら」誌に掲載の鑑賞文をまとめたもの。

第15回国民文化祭・ひろしま二〇〇〇、プレ国民文化祭・第9回県民文化祭文芸祭（川柳大会）。平成11年10月17日、大竹市アゼリアホールにて開催。右から三浦宏、小島蘭幸、角本華峰、八島白龍、弘兼秀子、定本広文、石原伯峯、吉岡龍城、泉比呂史。

平成12年11月4日開催の第15回国民文化祭・ひろしま二〇〇〇、来賓席風景。写真左から石原伯峯、仲川たけし、三浦教育長、岡田市議会議長、山尾県議会議員、豊田市長。

㊨新年句会で花束を受ける伯峯表紙の「川柳ひろしま」2002年2月号。
㊧追悼句会となった2002年８月開催の平和祈念川柳大会号。（題字を原田心龍書から森脇美禰坊書に戻す）

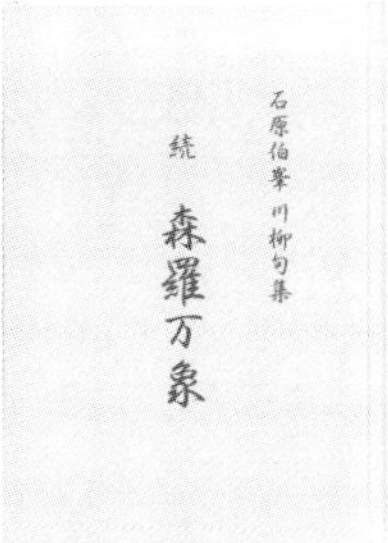

句碑建立10周年を記念して準備されていた句集「続森羅万象」。資料等焼失していると絶望視していた所、葬儀の夜にゲラが届き、伯峯長女・弘津秋の子氏が引き継いで上梓した。

校正を終えて

父、石原伯峯は四月十七日午後十一時四十五分死亡いたしました。自宅全焼。父の遺体が運び出されたのは十八日午前二時半だということです。

四月二十日、火葬場から寝泊りしておりました西昌寺へ戻りますと、廊下に封書の宅急便が置かれておりました。実は、父が七月十四日の句碑建立十周年川柳大会参加者に記念品として小句集を贈呈したいと考えていたこと、また、その印刷所が新潟らしいとしかわからぬことなどを、通夜葬儀の慌しさの中で耳にしてはいましたが、原稿の一切は失ったものと諦めておりました。新潟木戸製本所というラベルを見て、指を震わせながら開封しますと、父の川柳原稿と井村様からの再校正願いますというメモが飛び出ました。

十八日午前一時、警察からの緊急連絡が大阪の私宅へ入りました後「どなたか実家へ走って様子を知らせて下さい。」と私が縋りましたのは地元の高陽川柳会の方でございましたし、その後の通夜および葬儀も父の川柳のご縁の方々に大変にお世話になりました。川柳を何より愛していた父が皆様にそのお礼をと考えた時、それが句集であったのでしょう。天国からの宅急便であったように思えてなりません。

皆様からいただいた長きにわたる父へのご厚情に感謝申し上げます。

自然院釋伯峯の太い骨　秋の子

平成十四年五月十五日　伯峯長女　弘津秋の子

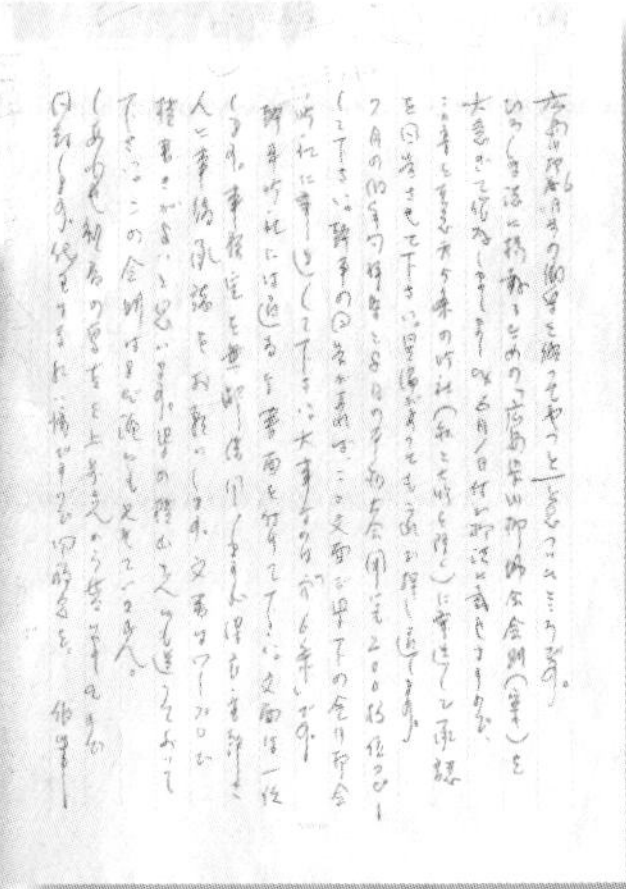

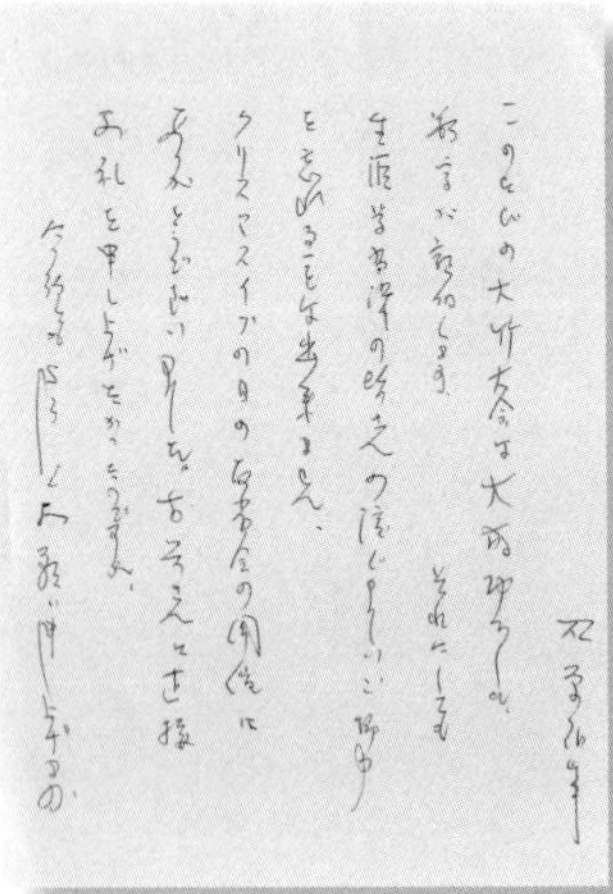

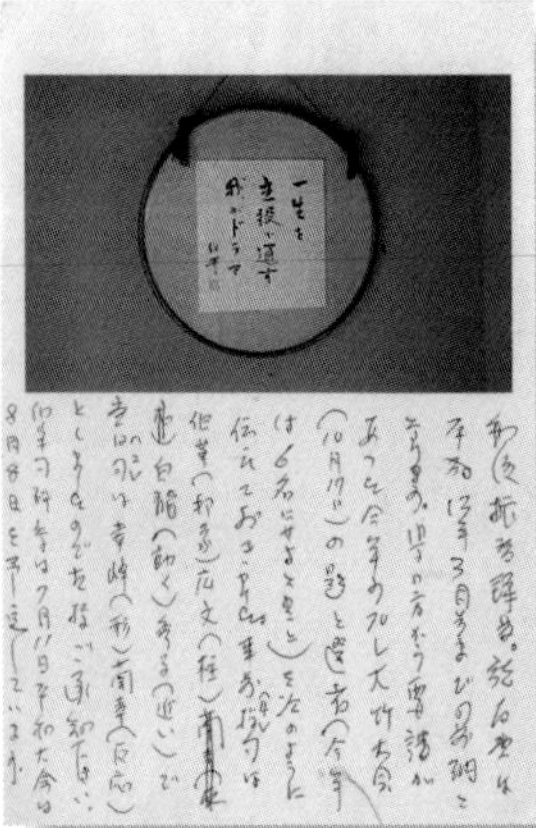

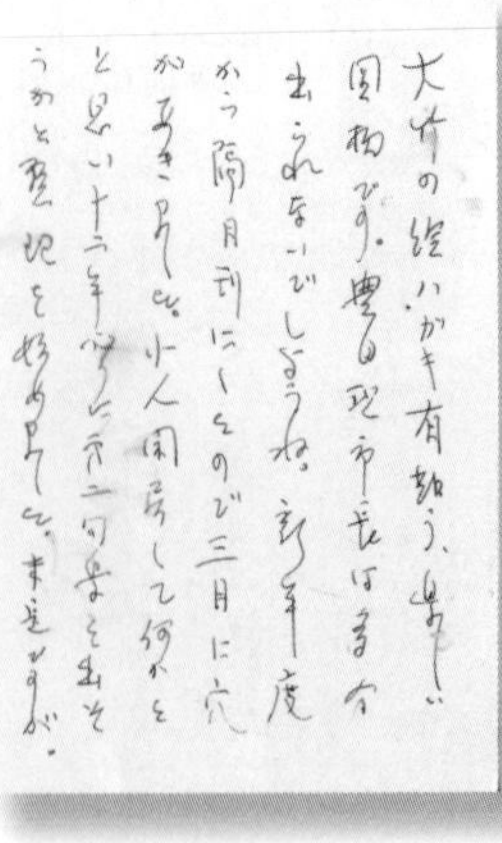

大竹の絵ハがき有難う。嬉しい
図柄です。豊田市長は貴会
ならではでしょうね。新年度
から隔月刊にしたので三月に穴
があきました。小人閑居して何かを
と思い十二年ぶりに二句集を出そ
うかと悪心を始めました。未定ですが。

石原伯峯による書簡の数々。

はじめに

川柳の歴史と文化を現代に、後世に――石原伯峯「川柳ベストコレクション」の監修の依頼がありましたことは、大変光栄に感じております。それと言うのも、全日本川柳協会理事長の小島蘭幸さんと私は、広島の息子、娘と思ってくださっていて、長い間ご指導をいただいていたからです。

私は昭和三十九年、高校の時から川柳を始め、すぐに大竹川柳会と広島川柳会に入会しました。ひろしま誌への毎月の投句は、自分の身辺句のようなものでしたので、それに対して、度々お手紙をくださっていました。

西品寺境内に句碑を建立された時も、毎年の句碑まつりにも多くの柳人が集ったことも、そのお人柄からと思います。平成十一年に広島県川柳協会を結成し、初代会長として、県内の川柳会をまとめておられました。

この偉大な功績を次の世代に伝えるべく使命感が沸き師の作品に向き合う至福の時をいただきました。新しい時代、令和元年に本書が上梓され、多くの皆さんが手に取ってくださることを願っています。

弘兼　秀子

参考書籍

川柳ひろしま誌齢三〇〇号達成記念合同句集（昭和53年1月　広島川柳会）
現代川柳選集第五巻　中国九州篇（昭和64年6月　（株）芸風書院）
日本現代川柳叢書第4集　石原伯峯句集森羅万象（平成2年7月　（株）芸風書院）
現代川柳ハンドブック（平成10年11月　監修者・尾藤三柳／編者・日本川柳ペンクラブ）
月刊オール川柳（葉文館出版）
全国都道府県別川柳作品全集　広島県篇上・下巻（平成12年2月　葉文館出版）
石原伯峯川柳句集　続森羅万象（平成14年7月　広島川柳会）
石原伯峯川柳たけはら鑑賞（平成15年4月17日　竹原川柳会）
川柳ひろしま
　平成元年2月／平成8年2月／平成9年8月／平成11年2月・8月・11月／平成11年2月
　平成12年2月・11月／平成13年2月・9月／平成14年2月・3月・9月／平成15年7月

石原伯峯の川柳と柳縁 ■ 目次

石原伯峯の川柳と柳縁

天の章

我が墓碑に無名の酒徒と刻むべし

一生を主役で通す我がドラマ

花鋏花のいのちに触れた音

何も願わじ水の流れを見ていたり

明けまして天地の恵み人の恩

課題吟であれ自由吟であれ、みずからをいつわらぬ〈こころざし〉を書けばよいと思ってきた。

（日本現代川柳叢書第4集

石原伯峯句集）

寿と書いて人それぞれの旅つづく

どの人も小説になる過去を持ち

みずからの翳りを誌す一行詩

星屑の一つの地球何騒ぐ

めぐりあい嗚呼人間は五十億

帰りなんいざ望郷の灯がともる

美しい人美しい風を持つ

水茎の跡美しき遠い人

皿の鮎佳人の愁いに似る姿

握手かなし一つの愛の終わるとき

鴉そも如何なる過去を持つ化身

さるすべり君手袋を脱ぎ給え

人恋えば雲の表情なお豊か

生き甲斐をみずからに問う虫すだく

秋の夜の孤独灰皿からこぼれ

追憶は美しき哉冬牡丹

流し雛たゆたう愛の免罪符

七夕の握手はかない天の川

かずかずの風乗り越えた茶をすすり

命短かし恋せよとてか蝉時雨

川柳は十七音字による人生ドラマである。主観的に言えば自分史を輪切りにしたものであり、客観的には作者の目を通しての社会批判であろう。

（現代川柳選集第五巻中国九州篇）

腕組の中に小さな秋が棲む

打てば響く人の善意が届けられ

父の轍踏ませとうない父の夢

はみだしてから人生の機微に触れ

埋れ火の思慕能面の奥に秘め

魔女ひとり夜の絵本を抜けて出る

生き延びて二十一世紀が見たい

花の宴われも異端の徒にあらず

むなしさの果てを酌む酒甘からず

掌のしみよロマンの残党酔い痴れて

私の好きな言葉は「柳縁無限」であるが、作句指針は孟子の「言近意遠（げんきん・いえん）」である。言葉は平易で内容は深遠であれ。

（川柳句集続森羅万象）

ほどほどにお酒はなさいませかしこ

胸中の種火鎮まる初春の酒

もろともに盃満たせ春の宵

行末のひとりを思う酔いの果て

往事茫々昔むかしの夢を汲む

かかる日を飲み友達が来てくれず

人肌の燗酒はよし人恋し

両の掌の温みに秋のＢＲＡＮＤＹ

狂人のこころにも似て灯を漁り

三百六十五夜われ野良犬に似たる日々

そして今年は、第十五回の国民文化祭が広島県で開催される。短詩型部門の全国川柳大会は大竹市で十一月四日の開催と決定している。この大会を成功させるため、かねて懸案であった広島県川柳協会が平成十一年六月一日、県内主要二十七吟社の参加を得て結成された。

（全国都道府県別川柳作品全集　広島篇・下巻）

天啓のごとく閃く酔余の語

後輩が総理かアハハ酒うまし

三太郎死すほろ酔いの虚を衝かれ

十進の口癖真似る酔いがあり

慰霊碑へ一番熱い日が巡る

描けぬ画布阿鼻叫喚の日の記憶

平和巡礼終わることなき鈴を振る

核の傘うしろの正面だあれ

薬玉の中の平和がまだ割れず

まぼろしをつかむおろかをつみかさね

サラリと詠み流した句に生きた川柳味を発見することが多いものである。

（「川柳たけはら鑑賞」より）

くちづけはながかりしかなあおばみち

生命線書き足してみる病む少女

うちの子も三つうっかりほっとけず

煙草の輪俺の未来のように消え

人形の目が澄んでいる十三夜

足もとに秋がもつれる萩の道

地図にない滝を見つけた赤トンボ

岩清水チョロチョロ冬が溶けはじめ

片想いほっそりとした月を見る

その先を女の勘が言い募り

最近の柳句にユーモアが少ないとよく謂われる。うがち、かるみ、などの三要素論に固執する必要はないが明るい「笑い」の句がもっとあってよい。

（「川柳たけはら鑑賞」より）

朱の鳥居ちりめん皺の波に浮き

階段の風へ噂が筒抜ける

操行は丙でも皆勤賞の顔

雑学の自信クイズに侮られ

清貧に甘んじている冷蔵庫

当然のなりゆき家庭内離婚

小刻みの風小刻みに散る桜

髭のない駅長ばかりＪＲ

孤独地蔵にせめて地酒を供えんか

結構でがんすよ喃とまとめ役

句の技工とかお世辞ではなく
心の奥からほとばしり出る表白
に感動する。

（「川柳たけはら鑑賞」より）

うまい酒君も先祖の仲間入り

口のまわりに老いが漂う

ふるさとはなつかし雅号の中に生き

語り部に似た祖母在りし日の民話

曾て我が愛せし古都の耽美主義

桜花一片二片征途につく軍靴

身代わりに二つに割れた木のお札

戦友の守袋に見たほと毛

野良犬は風の噂にたじろがず

長女とや菊一輪にたとえんか

七・七の十四音字詩も川柳の一形式であるから真剣に取り組むのもよい。

（「川柳たけはら鑑賞」より）

その涙もろきがゆえに逆らえず

闘志湧くとき唇をなめる癖

パパと遊びたかったのよと童女の瞳

秋風落莫とかや唇かみしめる

空白に堪えてひそかな血が滾り

耐え忍びなさいと叱る仏間の灯

ひしと抱きしめるものなし羽根布団

限りない思い出抱いて一と区切り

振子時計がゆっくり止まる日の美学

舞踏会の手帖をめくる秋灯下

焦点を絞り、平易な言葉ながら、人間の姿を浮き彫りにした句は捨てがたい。

（「川柳たけはら鑑賞」より）

生き方を変えたは遠い日の聖夜

頭髪の薄きを嘆き柿を食う

ひとすじの煙落着く冬の天

雪やこんこグリム童話がまだ続く

譲るものなし遺書は書かない

太い骨

弘津　彰子（秋の子）

旧姓から離れて三十年になる。私の旧姓はセピア色のアルバムと同じく遙かな過去となっている。だから同じ世代の友がここにきてペンネームに旧姓をひっぱりだしてきたり、結婚により姓が変わることに抵抗があったなどと話すのを聞くと（へーえ、きっと幸せな旧姓時代をお過ごしだったのねえ）と目を丸くすることであった。

なにしろ私は旧姓を捨てる棄てるステルと重ねて書いてもまだ足らず、とうとう姓どころか父のつけてくれた彰子という名も秋の子という雅号（ペンネーム）に変える始末である。それに常々（私は親が亡くなってもビクともしない。高校生の時に母を亡くして以来、私には親はいない！

と思って行きてきた兵であるから）と自己確認もしていた。

ところが、ところがなのである。

父が急死したその日から、私の心臓はパクパク音をたてはじめ不眠状態におちいり数の計算もできなくなったのである。

父の死が病死ではなく、火事による死亡であったからだろうか？　しかし、何が理由であれこんなにショックをうける自分である筈はないのであった。いったいどうしたというのか？そんな私が正気に返る出来事が起こった。

父は十年前菩提寺の西品寺に「何も願わじ水の流れを見ていたり」という句碑を建立し毎年自分の誕生月の七月に「句碑祭り」と称して川柳大会を開催していたのであるが、十周年の今年は記念として参加者全員に自分の句集を謹呈したいと考え準備をしていたらしいのである。

しかし、その原稿を目にした人もおらず父の依頼した印刷所も新潟らしいとしかわからぬということであったから、私はすぐに諦め父の仲間の嘆きを他人事のように聞いていたのである。ところが、火葬場で父の昇天を見届け寝泊りしていた西品寺に戻ってくると、周りまわってクタクタになった宅配便の封書が廊下に座って私を待っていたのである。何気なく手に取り新潟木戸製本所というラベルをみて仰天した。指を震わせながら開封すると父の川柳原稿が転がりでてきたのである。長い廊下をつんのめるように走って、帰り支度中の父の川柳仲間に報告すると「それはよかった。ぜひ本にしてあげて下さい」と私の手を握りしめ大安堵してお帰りになった。私の手の中に父の原稿が残った。私は、引き受けてしまったのである。

引き受けたからには、やりとおすしかない。大阪の自宅に帰り、点滴を受け睡眠薬を飲みながら父の三百三十句の川柳に目を通し生原稿と照らしあわせるという校正の仕事に取り組んだ。何度も何度も読み返していると、父、伯峯の句が語りかけてくる。

空白に堪えてひそかな血が滾り
耐え忍びなさいと叱る仏間の灯
ひしと抱きしめるものなし羽根布団

私の母が亡くなった直後の句であろう。あの頃、父の川柳仲間から矢継ぎ早に再婚の話が持ち込まれ、せめて一周忌まではそっとしておいてほしいという私の願いは届かず、半年後、父はもう結納を済ませていた。私は父にも父の川柳仲間にもずっと憤りを感じていた。しかし、今、この一連の句を以前と違い淡々と読む私があった。当時の父の四十五歳という年齢を考えれば、お仲間の心遣いも父の再婚へのあせりも仕方ないことであったろう。

長女とや菊一輪にたとえんか　伯　峯

菊の葉の虫喰いだらけ長女なり　秋の子

再婚後の日々はドラマの連続であった。耐えかねて「妹と二人で別に住みたい」と訴えたが、父に軽くいいなされ何もないことにされてしまった。その時の私はせっぱつまった思いを、まだ子供だからと父は深く考えなかったのだろう。

男性として父を見る娘の育ち　伯　峯

姉妹鳥どちらも鳴かぬ父恋し　秋の子

川柳作家としての父は幸せな人であったと思うが、家庭人としては淋しい人であった。晩年の父は、私達が電話をかけても傍に母が居ると、そそくさと話を終えようとするのであった。それが哀しくて、私も妹も実家から遠ざかってしまった。

さもあらばあれ火の酒を呷らんか　伯　峯
火の酒を飲みほして父グッドバイ　秋の子

お酒と柳縁が生きがいであった父の最期は身を焼き尽くし火の中での昇天であった。総ては許さなければならない。という声が聞こえてくる。亡母の声であろうか?

我が墓碑に無名の酒徒と刻むべし　伯　峯
まっすぐに私の母のもとへ行く　秋の子

天国に辿りついた父を母は一生を夢と現の狭間に生きてしかたのない人ねえ、とお尻を軽くぶって迎えたに違いない。ホッとした父はまたお酒を所望しているであろうか。亡母に託して安堵している私がいる。

譲るものなし遺書は書かない　　伯　峯

自然院釋伯峯の太い骨　　秋の子

父の死に方をみて、やっと父の生き方を納得した私がいる。父の句を読み込んで、やっとわかったことがある。平凡な父親として納まる人ではなかったのである。父の傍に寄れば寄るほど風が舞い上がりドラマがはじまるのも仕方のないことであった。

八十年の人生のほとんどを川柳に生きた父と、平凡な親であることを第一に願う厳しい娘であった私とのドラマも「完」となる日がきた。父の四十九日の法要前日に、水の色の表紙の石原伯峯川柳句集「続　森羅万象」が、新潟の製本所から届いたのである。

（「ひろしま随筆」No.57・平成14年9月発行より）

地の章

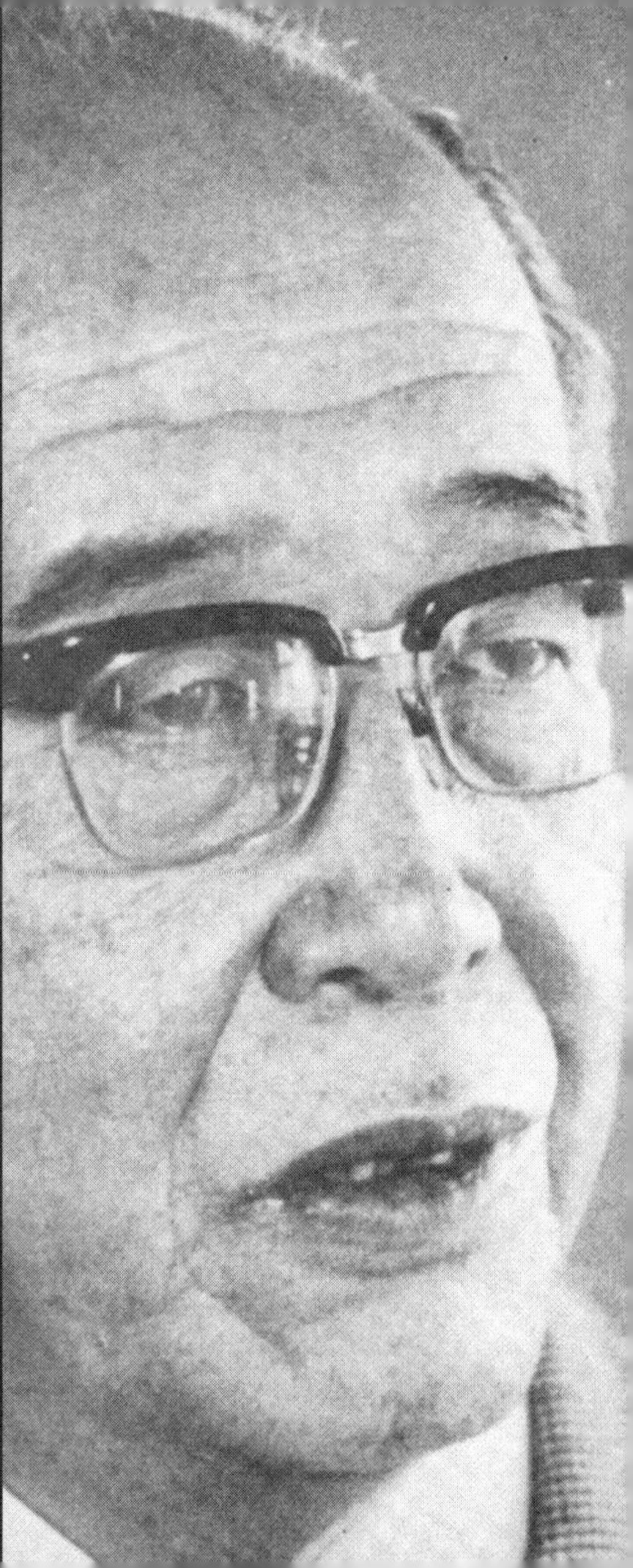

平成二年

初雀平成二年明ける

松の内だけの朝酒血糖値

三年連用日記をつけて寝るとする

雪便り追いかけてくる花だより

「川柳は地方文化である」。中央集権的な会よりも、中央志向よりも、自分たちの土地を、会を大切にする。非常に地味ですがね。

（「月刊オール川柳」平成11年10月号）

決断を風が後押しする二月

流れ藻が坑にまつわる春の川

鮎を食う集い昔の太田川

一葉の写真が謎を深くする

ライターをカチカチ風があるらしい

現われて消ゆ思い出はセピア色
雨の日は雨の日なりの予備プラン
酒徒行伝ひゅるひゅる風の音ばかり

平成三年

人恋しゆったりと酌む初春の酒

何鳥か枯枝渡る風に揺れ

闇の庭何かこわして猫が逃げ

川柳の鬼一匹が燃え尽きた

悼　山内静水君

戯れに辞世句を書く薬包紙

たけのこを掘るスコップの位置を決め

ときめきのひとときペーパーナイフ持つ

ふるさとが侵されてゆくブルドーザー

踊る人いない貧しい笛を吹く

カシニョールの「夏」直角の鼻の美女

男性として父を見る娘の育ち

（新年交歓36題川柳）大会は昭和二六年一月の発足である。出席者の殆どが選をする交歓の場にすることと、選者養成のもくろみもあった。除夜の鐘に因んで一題三句吐の百八句が川柳人の寒稽古になるとの趣旨であった。数年前から過大な課題の限界を感得はしていた。

「新しい酒は新しい革袋」に盛るべきである。オール川柳で全国紹介をされることを機に課題も二分の一か三分の一の一日に縮減したらと思う。温故知新の心意気をこめて。

（「川柳ひろしま」1996年2月号・第46回新年交歓36題川柳大会特集号）

黄信号点滅血圧血糖値

平成四年

六度目の申歳なれば句碑の夢

申歳を猿にじっくりみつめられ

お利口の猿で反省ばかりする

砂文字をすぐ消す波と戯れる

偶然のように仕組んだ恋の罠

闇市場ドブ酒からの飲み仲間

柳縁と柳魂ここに文学碑

降り込みの縁起を言うて句碑除幕

第六回
石原伯峯句碑まつりの集い
（平成九年七月十三日）

のし袋律儀な人の四角い字

われも亦浮萍《くさ》の身ぞ風は秋

小鰯の刺身がうまい酒どころ

歯応えがなくても旨い熟し柿

生ましめんかな伽となる子なりとも

めらめらとすぐに火となる落葉焚き

寺の鐘チャペルの鐘が響き合う

平成五年

人は皆生きねばならぬ初日の出

キューピーのように髪立つシャツを脱ぐ

「一生を主役で通す我がドラマ」

広島の湯来しあわせ観音句碑の山にある、野村弘之氏手彫りによる句碑。

祝　叙勲　新山胤一君

隻腕へ勲四等の叙勲沙汰

悼　伊木鶯生氏

その日まで嗚呼べんきょうのおじいちゃん

五〇〇号紆余曲折は言うまいぞ

ぴたぴたと波が旅情の耳を打つ

みな清く貧しく生きた日のミシン

夜光虫恋の虜となりし夏

黒いカラスにマインドコントロールされ

宮島と嵯峨野の落差紅葉狩

爪跡も無残耶馬溪秋の色

添え書きに貧者の一燈有難し

平成六年

ひい・ふう・みい…いつ・むう経てば新世紀

受け皿としてふるさとに山河あり

斗酒敢て辞せずと豪語した若さ

にんげんの重心しめす臍の位置

のけぞった朱唇皓歯の裏を見せ

夢幻泡影虚にして実の一行詩

静かなる愛とはこれか哀妻記

不護慎ながら喪服の美しさ

ハマコ昇天そは柿の実の熟すころ

悼　王寺ハマコさん

湯来の句碑の山にもう一基ある伯峯句碑、「花鋏花のいのちに触れた音」。

昭和三十五年頃、広島川柳会月例句会で課題「花」岡田俗菩薩選による佳作句。

俗菩薩氏は「この句は花のいのちが秀。花のこころや気持ちなら没句だ」と評した。

一九九四（平成六）年、すでに鬼籍に入っていた伊木鶯生氏の句碑に併せて建立。

早朝の網戸をよぎる鳥の影

さわさわと葉ずれの枝に鳥つるむ

ポストまで行く小春日をペダル踏む

小粒でもピリッと辛いダラズ族

風紋にそれぞれ四季がある砂丘

振りむけぱ飲み友達は影ばかり

平成七年

指折れば五本の指に喜寿傘寿

冷やでよしぐいのみでよし雪見酒

地震予知ナマズが暴れネズミ逃げ

人はみな現と夢の中に生き

宇品の地梁山泊の夢の跡

水子地藏からから赤い風車

かけまくも畏し天の美禄とや

酔えばまた悲しい酒の歌ひばり

夏祭ラムネの玉の音を飲む

瀬戸内の自然集めて四季が丘

餌付けする水着まばゆい水族館

卑怯者だった終電車に揺られ

平成八年

喜寿の初春温故知新の心意気

水の流れのように拒まず追いもせず

如月の風はきびしい神の鞭

蜉蝣《かげろう》の一生なるか夢芝居

右脳の抽斗鍵が錆びたまま
後輩と名乗る紳士の顔の艶
ベランダの揺り椅子秋の天高し
塀のある坂の片陰道を行く
人妻という翳を持つシルエット

一九九九（平成十一）年八月八日、広島平和祈念川柳大会、選者陣。

夾竹桃ときを違えず原爆忌

風鈴が静止している雲の峰

やり方はいくらもあった結果論

秋の構図へ土鈴を二つ置いてみる

秋ですね窓に囁く鰯雲

悼　北本照子夫君

片羽鳥かなし天下の秋を知る

平成九年

あらたまる年の始めのこころざし

相見ざるまま幾たびの歳月ぞ

さもあらばあれ火の酒を呷らんか

一九九九（平成十一）年七月十一日、第八回石原伯峯句碑まつりにて。写真右から小林てるじ、中村義雄、八島白龍、石原伯峯、定本広文、小島蘭幸の選者陣。

古傷を抉る角度に冬の月

プライドと違うメンッを立てたがり

庭師からすれば不満な石の位置

ハッとさせ女は脚を組み変える

臈長《ろうた》けた女人の低い鼻濁音

顔のないマネキントップモード着る

河豚刺しに限る馬関の冬の酒

しょぼくれた顔だと思う髭を剃る

めくるめくうつつとゆめのうずのなか

平成十年

もろともに柳縁無限年酒酌む

休肝日なく一年は過ぎにけり

山椒の実鳥取人の心意気

全国県別男子駅伝

指人形多情多恨を演じ切る

曲線がさやか天女の舞う仏画
ふところの深さを思い知る対座
盃を伏せて持病のことを言う
しらうおの酢味噌が美味い早春譜
いかなごの釘煮が届く神戸発

二〇〇〇（平成十二）年十一月十三日、八島白龍句碑祭佛通寺句会にて。白龍句碑を囲んで。

墓碑銘に釋伯峯と誌さんか

居ながらにして花が咲く花が散る

愛の日のかたみの写真セピア色

わたしめはおっちょこちょいにございます

ダダダッと離婚ビビビッと再婚

派手を着よとて娘から父の日に

胸中に山水があり隠れ瀧

往時茫々愛の骸《むくろ》が風化する

裏山に鶯庭に蝉が鳴く

豊饒のこのひとときの秋を酌む

二〇〇一（平成十三）年八月五日、第五十二回平和祈念川柳大会にて。

写真右から、聖盂杯受賞・岡田敏彦、聖盂杯寄贈者・三輪聖盂、前年度聖盂杯受賞者・橋本元子、石原伯峯。

不器用で勤勉だった努力型　（亡父）

小町娘の面影残す仏顔　（亡母）

平成十一年

ゆらゆらと波乗り越えて来て傘寿

さまざまに人それぞれに迎春譜

記憶力魑魅魍魎と書いてみる

善人にばかり病気は憑きたがる

確実に老いしのびよる指の爪

他愛ないことにボタンの掛け違い

木犀の芳香氷雨の窓を開け

第八回石原伯峯句碑まつりにて挨拶をする石原伯峯。西品寺にて。

菰巻きをせよと蘇鉄の葉が黄ばみ

ヴィーナスの丘少年は樹の上に

虹が丘まんなか辺の夕桜

舞台暗転人生劇場意外篇

自分史のところどころを虫が食い

曲線の型くっきりと夏パンツ
こま切れの追憶つなぐ酒の酔い
ブレーキとアクセル同伴同期会
風葬の心を抱いて北の旅
夜の闇魔性のものの怪に怯え

ヘモグロビンと血圧欄に赤ランプ

歯車の一つが欠けたまま八十路

それからは他人の顔を見せ続け

見通しのよいとこだった事故現場

ムシカ復元青春の日が甦る

クーラーに馴染まない身の夏の風邪

風鈴がＢＧＭとなる午睡

遠い日の知らえぬ恋の秋桜

秋天の雲に思索の心置く

戦前のがんす横町なつかしむ

第九回石原伯峯句碑まつり案内ハガキ。

毎年、このような案内ハガキに私信を添えて送り届けていたという。

かな文字を崩しては組むちぎれ雲
生き延びてわが背信の罪幾つ
老化とは愛別離苦の積み重ね

平成十二年

柳縁に乾杯！紀元二〇〇〇年

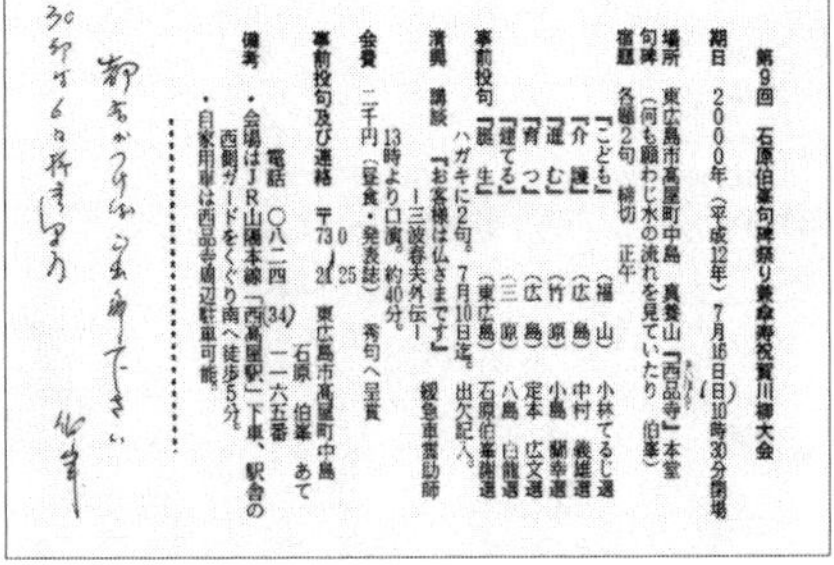
第9回　石原伯峯句碑祭り兼卒寿祝賀川柳大会
期日　2000年（平成12年）7月16日（日）10時30分開場
場所　東広島市高屋町中島　真誉山「西品寺」本堂
句碑（何も願わじ水の流れを見ていたり　伯峯）
宿題　各題2句　締切　正午
事前投句「こども」（福山）小林てるじ選
「介護」（広島）中村義雄選
「進む」（竹原）小島蘭幸選
「育つ」（広島）定本広文選
「建てる」（三原）八島白龍選
「誕生」（東広島）石原伯峯選
ハガキに2句。7月10日迄。出欠記入。
演興　講談『お客様は仏さまです』
—三波春夫外伝—　綾急亭蛍助師
13時より口演。約40分。
会費　二千円（昼食・発表誌）秀句へ呈賞
事前投句及び連絡　〒73 0 21 25　東広島市高屋町中島
石原　伯峯　あて
電話　〇八二四(34)一一六五番
備考・会場はJR山陽本線「西高屋駅」下車、駅舎の西側ガードをくぐり南へ徒歩5分。
・自家用車は西品寺周辺駐車可能。

父母の歳まだ越えてない墓洗う

若い日の酒井波浪は恋の使者

花の名を呟いて行く白い杖

自分でも見えぬところにある黒子

先客がある傘立ての濡れ具合

一九九六（平成八）年一月七日開催の第四十六回新年交歓三十六題川柳大会。

一句につき三句出句することで煩悩にちなんだ数字、一〇八句を新年から作句する昭和二十六年からの恒例行事。

参加者の減少により第四十八回から十二題に三句出句で三十六句川柳大会に縮小した。

二〇〇一年には第五十一回特集号が発刊されている。

酒たのし出合い触れ合い巡り合い

駅伝へ蟹汁郷土應援団

女医さんの眼に叱られる太り過ぎ

淡白なお別れでした白椿

遙かなる母校木造平家建て

百年のシンボル母校の松が枯れ

思い出がほろほろ蓮の花開く

横着を嗤う夏草茂る庭

ミニよりも浴衣が似合うとうかさん

じぐざぐの愛回線がつながらぬ

安古市川柳会卒業記念。
二〇〇一（平成十三）年十二月十二日、宮島コーラルホテルにて。

襟首をつまむと猫がおとなしい

身体髪膚まるごとガタがきて八十路

思うとき　さわさわさわと秋の風

草引けば蘇鉄に蜂の巣が二つ

手の指を反らすと甲の深い皺

川の哦をうめきと読むか愛隣書

秋を割る鳥取西部大地震

震度6強ふるさとの秋の変

瀬戸内にうたあり国民文化祭

貧すれば鈍す世間は鬼ばかり

第五十二回平和祈念川柳大会の選者陣。写真右から後ろの垂れ幕の通り弘兼秀子、小島蘭幸、藤川幻詩、小林てるじ、角本華峰、三輪聖盂、八島白龍、石原伯峯。中央の額は昭和九年の産業奨励館（現・原爆ドーム）の写真。

弔辞読む朝丹念に歯を磨く

平成十三年

めぐりあい二十一世紀の曙光

生き延びてここに新世紀の初光

初風呂にざんぶ飛びこむ五体健

一粒の米の重さよにぎりめし
最高の美味蜂屋柿あんぽ柿
二次会を予定厚着をして出かけ
地元では平身低頭する政治
本人が知らぬ盲点だってある

二〇〇二（平成十四）年二月
開催、第五十三回三原市神明祭
協賛川柳大会選者陣。

軍手なら右と左にこだわらぬ

動くものあり雪庭に鳥の影

おまじないほど節分の豆をまく

五十回絢爛たりや舞姿

中国舞踊祭

震度5で書斎を本の山が埋め

揺り戻し地震で墓の首が落ち

電話不通無事と告げられない焦り

青春の残像を追う花あかり

地下シャレオデルタの街の臍の位置

脳味噌の抽斗すっと取り出せず

新潟へブルートレイン久しぶり

酒と清興さすが柳都の前夜祭

ご対面沖縄の人佐渡の人

昨日今日川の流れのように明日

梅雨晴れ間比翼連理の碑の除幕

哀妻が口癖隻腕筆まめで

悼　東野大八氏

酸漿《ほおずき》を誰が供えた盆の墓

K点の誓い同期の柳友が逝く

お別れは言わず今宵は酔うとする

悼　重永戊理君二句

青天の霹靂アメリカ同時テロ

二〇〇一（平成十三）年七月十五日、第十回石原伯峯句碑まつりの集いにて。

摩天楼崩壊悪魔の同時テロ

旗幟鮮明ショウ・ザ・フラッグ白か黒

戦争もテロも根っこに貧富の差

柿八年待たず享年九十六

悼　奈東弌甫氏

天国へ松の湯からの同期会

悼　同期会長　松崎定夫君

平成十四年

あけましてものみなすべてあらたまる

明けまして森羅万象新たまる

六〇〇号ぐびりと動く喉仏

戯画の中きりきり舞いの冬の底

「石原伯峯追悼　第五十三回広島平和祈念川柳大会」当日の選者陣と石原光子夫人（中央）。写真右端から弘兼秀子、小島蘭幸、小林てるじ。

夫婦独楽終身刑のごと回る

まごころの指クッションのあたたか味

花鋏鳴らして花を斬る構え

ころころと笑いころげて涙拭く

ムーン・ライト今年も巡る花の宴

川柳に師なし人皆わが師とか

水色のワルツで自分史が踊る

百歳の酔生夢死をこいねがう

私達川柳人は生涯一句でもよい、後世に残る一句を書きたいと念願して精進しております。

（昭和60年11月16日

菅生沼畔への弔事より）

あとがき

今回の企画をお引き受けするに当たり、伯峯先生の資料と写真を探すことから始めました。句集は書棚に大切に保存してありました。毎月発刊の柳誌「ひろしま」は残念ながら数十冊しか残っていませんでした。

なつかしい写真に手が止まりました。それは平成十二年に国民文化祭広島大会で、川柳大会が大竹市で開催された時のものです。私は前年より、市役所教育委員会内に設置された実行委員会の臨時職員として勤務することになりました。これを機に、前年の十一年に念願の広島県川柳協会を結成し、初代会長として指揮を取っていただきました。当時の大竹市長は、川柳に大変興味をお持ちで、川柳大会に力を入れてくださっていました。表敬訪問では、伯峯先生と市長さんの話が弾み、予定の時間を大幅にオーバーし、秘書さんを困らせたとの後日談です。ご尽力のお蔭で、大会は大成功に終えることが出来ました。

もう一つは、何冊かの句集のうちの「石原伯峯川柳句集続森羅万象」です。伯峯先生は、平成四年七月、居住地にある菩提寺西品寺の境内に「何も願わじ水の流れを見ていたり」の句碑を建立されました。その除幕式典と記念句会には、一九〇名の参加者があり、私も参加しました。平成十四年、満十周年の記念に参加者に句集を謹呈しようと準備を進めていた時、ご自宅の火災であの世へ旅立って行かれたのです。この句集は、印刷所から再校正の原稿がお葬式の日に届き、実の娘さんの弘津秋の子さんの手で発刊されたものです。

句集のあとがきには「川柳の道はなお遠く遙かである」とあります。その道を私達は学びたいと思います。

令和元年十二月

弘兼　秀子

【監修者略歴】

弘兼秀子（ひろかね・ひでこ）

昭和 22 年生まれ
昭和 39 年高校より作句開始

現在
（一社）全日本川柳協会常任幹事、広島県川柳協会事務局長、大竹川柳会会長、ふあうすと広島会長、ＮＨＫ学園添削講師、中国新聞中国柳壇選者、大竹市・廿日市市小学校川柳講師、山口県岩国川柳会講師、ふあうすと川柳社理事

川柳ベストコレクション
石原伯峯の川柳と柳縁
○
2020年 3 月16日　初　版
監　修
弘　兼　秀　子
発行人
松　岡　恭　子
発行所
新　葉　館　出　版
大阪市東成区玉津1丁目9-16 4F　〒537-0023
TEL06-4259-3777㈹　FAX06-4259-3888
https://shinyokan.jp/
○
定価はカバーに表示してあります。

ISBN978-4-86044-294-1